Pietro Metastasio

Didone abbandonata

Argomento

Didone vedova di Sicheo, uccisole il marito da Pigmalione, re di Tiro, di lei fratello, fuggì con ampie ricchezze in Africa, dove edificò Cartagine. Fu ivi richiesta in moglie da molti, e soprattutto da Iarba, re de' Mori, e ricusò sempre per serbar fede alle ceneri dell'estinto consorte. Intanto portato Enea da una tempesta alle sponde dell'Africa, fu ricevuto e ristorato da Didone, la quale ardentemente se ne invaghì. Mentr'egli, compiacendosi di tale affetto, si trattenea presso lei, gli fu dagli dei comandato che proseguisse il suo cammino verso Italia, dove gli promettevano una nuova Troia. Partì Enea, e Didone disperatamente si uccise. Tutto ciò si ha da Virgilio, il quale con un felice anacronismo unisce il tempo della fondazion di Cartagine agli errori di Enea. Ovidio, lib. III de' Fasti, dice che Iarba s'impadronisse di Cartagine dopo la morte di Didone; e che Anna di lei sorella (che sarà da noi chiamata Selene) fosse anch'essa occultamente invaghita d'Enea. Per comodo della scena si finge che Iarba, curioso di veder Didone, s'introduca in Cartagine come ambasciadore di se stesso, sotto nome d'Arbace.

INTERLOCUTORI

ENEA
DIDONE, regina di Cartagine, amante di Enea
IARBA, re de' Mori, sotto nome d'Arbace.
SELENE, sorella di Didone ed amante occulta di Enea.
ARASPE, confidente di Iarba ed amante di Selene.
OSMIDA, confidente di Didone.

La scena si finge in Cartagine.

ATTO PRIMO

SCENA PRIMA

Luogo magnifico destinato per le pubbliche udienze, con trono da un lato. Veduta in prospetto della città di Cartagine, che sta edificandosi.

ENEA: No, principessa, amico,
sdegno non è, non è timor che move
le frigie vele e mi trasporta altrove.
So che m'ama Didone;
pur troppo il so; né di sua fé pavento.
L'adoro, e mi rammento
quanto fece per me: non sono ingrato.
Ma ch'io di nuovo esponga
all'arbitrio dell'onde i giorni miei
mi prescrive il destin, voglion gli dei;
e son sì sventurato,
che sembra colpa mia quella del fato.
SELENE: Se cerchi al lungo error riposo e nido,
te l'offre in questo lido
la germana, il tuo merto e il nostro zelo.
ENEA: Riposo ancor non mi concede il Cielo.
SELENE: Perché?

OSMIDA: Con qual favella
il lor voler ti palesaro i numi?
ENEA: Osmida, a questi lumi
non porta il sonno mai suo dolce obblio,
che il rigido sembiante
del genitor non mi dipinga innante.
«Figlio» ei dice, e l'ascolto «ingrato figlio,
questo è d'Italia il regno,
che acquistar ti commise Apollo ed io?
L'Asia infelice aspetta
che in un altro terreno,
opra del tuo valor, Troia rinasca:
tu il promettesti; io nel momento estremo
del viver mio la tua promessa intesi,
allor che ti piegasti
a baciar questa destra e mel giurasti.
E tu frattanto ingrato
alla patria, a te stesso, al genitore,
qui nell'ozio ti perdi e nell'amore?
Sorgi: de' legni tuoi
tronca il canape reo, sciogli le sarte».
Mi guarda poi con torvo ciglio, e parte.
SELENE: Gelo d'orror.
OSMIDA: (Quasi felice io sono. Se parte Enea, manca un rivale al trono).
SELENE: Se abbandoni il tuo bene,
morrà Didone (e non vivrà Selene).
OSMIDA: La regina s'appressa.
ENEA: (Che mai dirò?)
SELENE: (Non posso
scoprire il mio tormento).
ENEA: (Difenditi, mio core, ecco il cimento).

SCENA SECONDA

DIDONE: Enea, d'Asia splendore,
di Citerea soave cura e mia,
vedi come a momenti,
del tuo soggiorno altera,
la nascente Cartago alza la fronte.
Frutto de' miei sudori
son quegli archi, que' templi e quelle mura:
ma de' sudori miei
l'ornamento più grande, Enea, tu sei.
Tu non mi guardi, e taci? In questa guisa
con un freddo silenzio Enea m'accoglie?
Forse già dal tuo core
di me l'immago ha cancellata Amore?
ENEA: Didone alla mia mente,
giuro a tutti gli dei, sempre è presente:
né tempo o lontananza
potrà sparger d'obblio,

questo ancor giuro ai numi, il foco mio.
DIDONE: Che proteste! Io non chiedo
giuramenti da te: perch'io ti creda,
un tuo sguardo mi basta, un tuo sospiro.
OSMIDA: (Troppo s'inoltra).
SELENE: (Ed io parlar non oso).
ENEA: Se brami il tuo riposo,
pensa alla tua grandezza,
a me più non pensar.
DIDONE: Che a te non pensi?
Io, che per te sol vivo? Io, che non godo
i miei giorni felici,
se un momento mi lasci?
ENEA: Oh Dio, che dici!
E qual tempo scegliesti! Ah troppo, troppo
generosa tu sei per un ingrato.
DIDONE: Ingrato Enea! Perché? Dunque noiosa
ti sarà la mia fiamma.
ENEA: Anzi giammai
con maggior tenerezza io non t'amai.
Ma...
DIDONE: Che?
ENEA: La patria, il Cielo...
DIDONE: Parla.
ENEA: Dovrei... ma no...
L'amore... Oh Dio! la fé...
Ah! che parlar non so.
Spiegalo tu per me.

SCENA III

DIDONE: Parte così, così mi lascia Enea!
Che vuol dir quel silenzio? In che son rea?
SELENE: Ei pensa abbandonarti.
Contrastano in quel core,
né so chi vincerà, gloria ed amore.
DIDONE: E` gloria abbandonarmi?
OSMIDA: (Si deluda). Regina,
il cor d'Enea non penetrò Selene.
Dalla reggia de' Mori
qui giunger dee l'ambasciatore Arbace...
DIDONE: Che perciò?
OSMIDA: Le tue nozze
chiederà il re superbo; e teme Enea
che tu ceda alla forza e a lui ti doni.
Perciò, così partendo,
fugge il dolor di rimirarti...
DIDONE: Intendo.
Vanne, amata germana,
dal cor d'Enea sgombra i sospetti, e digli
che a lui non mi torrà se non la morte.

SELENE: (A questo ancor tu mi condanni, o Sorte!)
Dirò che fida sei;
su la mia fé riposa:
sarò per te pietosa;
(per me crudel sarò).
Sapranno i labbri miei scoprirgli il tuo desio.
(Ma la mia pena, oh Dio! come nasconderò?)

SCENA IV

DIDONE: Venga Arbace qual vuole,
supplice, o minaccioso; ei viene in vano.
In faccia a lui, pria che tramonti il sole,
ad Enea mi vedrà porger la mano.
Solo quel cor mi piace:
sappialo Iarba.
OSMIDA: Ecco s'appressa Arbace.

SCENA V

ARASPE: (Vedi, mio re...)
IARBA: T'accheta.
Finché dura l'inganno,
chiamami Arbace, e non pensare al trono:
per ora io non son Iarba, e re non sono).
Didone, il re de' Mori
a te de' cenni suoi
me suo fedele apportator destina.
Io te l'offro qual vuoi,
tuo sostegno in un punto, o tua ruina.
Queste, che miri intanto,
spoglie, gemme, tesori, uomini e fere,
che l'Africa soggetta a lui produce,
pegni di sua grandezza in don t'invia.
Nel dono impara il donator qual sia.
DIDONE: Mentre io ne accetto il dono
larga mercede il tuo signor riceve.
Ma s'ei non è più saggio,
quel, ch'ora è don, può divenire omaggio.
(Come altiero è costui!) Siedi e favella.
ARASPE: (Qual ti sembra, o signor?)
IARBA: (Superba e bella).
Ti rammenta, o Didone,
qual da Tiro venisti, e qual ti trasse
disperato consiglio a questo lido.
Del tuo germano infido
alle barbare voglie, al genio avaro
ti fu l'Africa sol schermo e riparo.
Fu questo, ove s'inalza
la superba Cartago, ampio terreno,

dono del mio signore, e fu...
DIDONE: Col dono la vendita confondi...
IARBA: Lascia pria ch'io favelli, e poi rispondi.
DIDONE: (Che ardir!)
OSMIDA: (Soffri).
IARBA: Cortese Iarba il mio re le nozze tue richiese:
tu ricusasti: ei ne soffrì l'oltraggio,
perché giurasti allora
che al cener di Sicheo fede serbavi.
Or sa l'Africa tutta
che dall'Asia distrutta Enea qui venne:
sa che tu l'accogliesti; e sa che l'ami:
né soffrirà che venga
a contrastar gli amori
un avanzo di Troia al re de' Mori.
DIDONE: E gli amori e gli sdegni
fian del pari infecondi.
IARBA: Lascia pria ch'io finisca, e poi rispondi.
Generoso il mio re di guerra in vece,
t'offre pace se vuoi:
e in ammenda del fallo
brama gli affetti tuoi, chiede il tuo letto,
vuol la testa d'Enea.
DIDONE: Dicesti?
IARBA: Ho detto.
DIDONE: Dalla reggia di Tiro
io venni a queste arene
libertade cercando e non catene.
Prezzo de' miei tesori,
e non già del tuo re Cartago è dono.
La mia destra, il mio core
quando a Iarba negai,
d'esser fida allo sposo allor pensai.
Or più quella non son...
IARBA: Se non sei quella...
DIDONE: Lascia pria ch'io risponda, e poi favella.
Or più quella non son. Variano i saggi
a seconda de' casi i lor pensieri.
Enea piace al mio cor, giova al mio trono,
e mio sposo sarà.
IARBA: Ma la sua testa...
DIDONE: Non è facil trionfo; anzi potrebbe
costar molti sudori
questo avanzo di Troia al re de' Mori.
IARBA: Se il mio signore irrìti,
verranno a farti guerra
quanti Getuli e quanti
Numidi e Garamanti Africa serra.
DIDONE: Purché sia meco Enea, non mi confondo.
Vengano a questi lidi
Garamanti, Numidi, Africa e il mondo.
IARBA: Dunque dirò...

DIDONE: Dirai
che amoroso nol curo,
che nol temo sdegnato.
IARBA: Pensa meglio, o Didone.
DIDONE: Ho già pensato.
Son regina e sono amante;
e l'impero io sola voglio
del mio soglio e del mio cor.
Darmi legge in van pretende
chi l'arbitrio a me contende
della gloria e dell'amor.

SCENA VI

IARBA: Araspe, alla vendetta.
ARASPE: Mi son scorta i tuoi passi.
OSMIDA: Arbace, aspetta.
IARBA: (Da me che bramerà?)
OSMIDA: Posso a mia voglia libero favellar?
IARBA: Parla.
OSMIDA: Se vuoi, m'offro agli sdegni tuoi compagno e guida.
Didone in me confida,
Enea mi crede amico, e pendon l'armi
tutte dal cenno mio. Molto potrei
a' tuoi disegni agevolar la strada.
IARBA: Ma tu chi sei?
OSMIDA: Seguace della tiria regina, Osmida io sono.
In Cipro ebbi la cuna,
e il mio core è maggior di mia fortuna.
IARBA: L'offerta accetto, e, se fedel sarai,
tutto in mercé ciò, che domandi, avrai.
OSMIDA: Sia del tuo re Didone, a me si ceda
di Cartago l'impero.
IARBA: Io tel prometto.
OSMIDA: Ma chi sa se consente
il tuo signore alla richiesta audace?
IARBA: Promette il re, quando promette Arbace.
OSMIDA: Dunque...
IARBA: Ogni atto innocente
qui sospetto esser può: serba i consigli
a più sicuro loco e più nascoso.
Fidati; Osmida è re, se Iarba è sposo.
OSMIDA: Tu mi scorgi al gran disegno:
al tuo sdegno, al tuo desio
l'ardir mio ti scorgerà.
Così rende il fiumicello,
mentre lento il prato ingombra,
alimento all'arboscello;
e per l'ombra umor gli dà.

IARBA: Quanto è stolto, se crede
ch'io gli abbia a serbar fede.
ARASPE: Il promettesti a lui.
IARBA: Non merta fé chi non la serba altrui.
Ma vanne, amato Araspe,
ogn'indugio è tormento al mio furore;
vanne: le mie vendette
un tuo colpo assicuri. Enea s'uccida.
ARASPE: Vado: e sarà fra poco
del suo, del mio valore
in aperta tenzone arbitro il fato.
IARBA: No, t'arresta: io non voglio
che al caso si commetta
l'onor tuo, l'odio mio, la mia vendetta.
Improvviso l'assali, usa la frode.
ARASPE: Da me frode! Signor, suddito io nacqui,
ma non già traditor. Dimmi ch'io vada
nudo in mezzo agl'incendi, incontro all'armi,
tutto farò. Tu sei
signor della mia vita: in tua difesa
non ricuso cimento,
ma da me non si chieda un tradimento.
IARBA: Sensi d'alma volgare. A me non manca
braccio del tuo più fido.
ARASPE:E come, oh dei!
La tua virtude...
IARBA: Eh che virtù? Nel mondo
o virtù non si trova,
o è sol virtù quel che diletta e giova.
Fra lo splendor del trono
belle le colpe sono,
perde l'orror l'inganno,
tutto si fa virtù.
Fuggir con frode il danno
può dubitar se lice
quell'anima infelice,
che nacque in servitù.

ARASPE: Empio! L'orror, che porta
il rimorso d'un fallo anche felice,
la pace fra' disastri,
che produce virtù, come non senti?
O sostegno del mondo,
degli uomini ornamento e degli dei,
bella virtù, la scorta mia tu sei.
Se dalle stelle tu non sei guida
fra le procelle dell'onda infida,

mai per quest'alma calma non v'è.
Tu m'assicuri ne' miei perigli;
nelle sventure tu mi consigli,
e sol contento sento per te.

SCENA IX

ENEA: Già tel dissi, o Selene,
male interpreta Osmida i sensi miei.
Ah piacesse agli dei
che Dido fosse infida; o ch'io potessi
figurarmela infida un sol momento!
Ma saper che m'adora,
e doverla lasciar, questo è il tormento.
SELENE: Sia qual vuoi la cagione,
che ti sforza a partir, per pochi istanti
t'arresta almeno, e di Nettuno al tempio
vanne: la mia germana
vuol colà favellarti.
ENEA: Sarà pena l'indugio.
SELENE: Odila e parti.
ENEA: Ed a colei, che adoro,
darò l'ultimo addio?
SELENE: (Taccio, e non moro!)
ENEA: Piange Selene!
SELENE: E come,
quando parli così, non vuoi ch'io pianga?
ENEA: Lascia di sospirar. Sola Didone
ha ragion di lagnarsi al partir mio.
SELENE: Abbiam l'istesso cor Didone ed io.
ENEA: Tanto per lei t'affliggi?
SELENE: Ella in me così vive,
io così vivo in lei,
che tutti i mali suoi son mali miei.
ENEA: Generosa Selene, i tuoi sospiri
tanta pietà mi fanno,
che scordo quasi il mio nel vostro affanno.
SELENE: (Se mi vedessi il core,
forse la tua pietà saria maggiore).

SCENA X

IARBA: Tutta ho scorsa la reggia
cercando Enea, né ancor m'incontro in lui.
ARASPE: Forse quindi partì.
IARBA: Fosse costui?
Africano alle vesti ei non mi sembra.
Stranier, dimmi: chi sei?
ARASPE: (Quanto piace quel volto agli occhi miei!)
ENEA: Troppo, bella Selene...

IARBA: Olà non odi?
ENEA: Troppo ad altri pietosa...
SELENE: Che superbo parlar!
ARASPE: (Quanto è vezzosa!)
IARBA: O palesa il tuo nome, o ch'io...
ENEA: Qual dritto hai tu di domandarne? A te che giova?
IARBA: Ragione è il piacer mio.
ENEA: Fra noi non s'usa di rispondere a stolti.
IARBA: A questo acciaro...
SELENE: Su gli occhi di Selene,
nella reggia di Dido, un tanto ardire?
IARBA: Di Iarba al messaggiero
sì poco di rispetto?
SELENE: Il folle orgoglio
la regina saprà.
IARBA: Sappialo. Intanto
mi vegga ad onta sua troncar quel capo,
e a quel d'Enea congiunto,
dell'offeso mio re portarlo a' piedi.
ENEA: Difficile sarà più che non credi.
IARBA: Tu potrai contrastarlo? o quell'Enea,
che per glorie racconta
tante perdite sue?
ENEA: Cedono assai
in confronto di glorie
alle perdite sue le tue vittorie.
IARBA: Ma tu chi sei, che tanto
meco per lui contrasti?
ENEA: Son un che non ti teme, e ciò ti basti.
Quando saprai chi sono
sì fiero non sarai,
né parlerai così.
Brama lasciar le sponde
quel passeggiero ardente:
fra l'onde poi si pente,
se ad onta del nocchiero
dal lido si partì.

SCENA XI

IARBA: Non partirà, se pria...
SELENE:Da lui che brami?
IARBA: Il suo nome.
SELENE:Il suo nome
senza tanto furor da me saprai.
IARBA: A questa legge io resto.
SELENE: Quell'Enea, che tu cerchi, appunto è questo.
IARBA: Ah! m'involasti un colpo,
che al mio braccio offeriva il Ciel cortese.
SELENE: Ma perché tanto sdegno? In che t'offese?
IARBA: Gli affetti di Didone

al mio signor contende;
t'è noto, e mi domandi in che m'offende?
SELENE: Dunque supponi, Arbace,
che scelga a suo talento il caro oggetto
un cor che s'innamora?
Nella scuola d'amor sei rozzo ancora.

SCENA XII

IARBA: Non è più tempo, Araspe,
di celarmi così. Troppa finora
sofferenza mi costa.
ARASPE: E che farai?
IARBA: I miei guerrier, che nella selva ascosi
quindi non lungi al mio venir lasciai,
chiamerò nella reggia:
distruggerò Cartago, e l'empio core
all'indegno rival trarrò...
OSMIDA: Signore,
già di Nettuno al tempio
la regina s'invia. Su gli occhi tuoi
al superbo troiano,
se tardi a riparar, porge la mano.
IARBA: Tanto ardir!
OSMIDA: Non è tempo
d'inutili querele.
IARBA: E qual consiglio?
OSMIDA: Il più pronto è il migliore. Io ti precedo:
ardisci. Ad ogni impresa
io sarò tuo sostegno e tua difesa.

SCENA XIII

ARASPE: Dove corri, o signore?
IARBA: Il rivale a svenar.
ARASPE: Come lo speri?
Ancora i tuoi guerrieri
il tuo voler non sanno.
IARBA: Dove forza non val, giunga l'inganno.
ARASPE: E vuoi la tua vendetta
con la taccia comprar di traditore?
IARBA: Araspe, il mio favore
troppo ardito ti fé. Più franco all'opre
e men pronto ai consigli io ti vorrei.
Chi son io ti rammenta, e chi tu sei.
Son quel fiume, che gonfia d'umori,
quando il gelo si scioglie in torrenti,
selve, armenti, capanne e pastori
porta seco, e ritegno non ha.
Se si vede fra gli argini stretto,

sdegna il letto, confonde le sponde,
e superbo fremendo sen va.

SCENA XIV

OSMIDA: Come! Da' labbri tuoi
Dido saprà che abbandonar la vuoi?
Ah! taci per pietà,
e risparmia al suo cor questo tormento.
ENEA: Il dirlo è crudeltà,
ma sarebbe il tacerlo un tradimento.
OSMIDA: Benché costante, io spero
che al pianto suo tu cangerai pensiero.
ENEA: Può togliermi di vita,
ma non può il mio dolore
far ch'io manchi alla patria e al genitore.
OSMIDA: Oh generosi detti!
Vincere i propri affetti
avanza ogni altra gloria.
ENEA: Quanto costa però questa vittoria!

SCENA XV

IARBA: Ecco il rival; né seco
è alcun de' suoi seguaci...
ARASPE: Ah pensa che tu sei...
IARBA: Sieguimi e taci. Così gli oltraggi miei...
ARASPE: Fermati.
IARBA: Indegno, l nemico in aiuto?
ENEA: Che tenti, anima rea?
OSMIDA: (Tutto è perduto).

SCENA XVI

OSMIDA: Siam traditi, o regina.
Se più tarda d'Arbace era l'aita,
il valoroso Enea
sotto colpo inumano oggi cadea.
DIDONE: Il traditor qual è, dove dimora?
OSMIDA: Miralo: nella destra ha il ferro ancora.
DIDONE: Chi ti destò nel seno
sì barbaro desio?
ARASPE: Del mio signor la gloria e il dover mio.
DIDONE: Come! L'istesso Arbace
disapprova...
ARASPE: Lo so ch'ei mi condanna:
il suo sdegno pavento;
ma il mio non fu delitto, e non mi pento.
DIDONE: E né meno hai rossore

del sacrilego eccesso?
ARASPE: Tornerei mille volte a far l'istesso.
DIDONE: Ti preverrò. Ministri,
custodite costui.
ENEA: Generoso nemico,
in te tanta virtude io non credea.
Lascia che a questo sen...
IARBA: Scostati, Enea.
Sappi che il viver tuo d'Araspe è dono:
che il tuo sangue vogl'io: che Iarba io sono.
DIDONE: Tu Iarba!
ENEA: Il re de' Mori!
DIDONE: Un re sensi sì rei
non chiude in seno: un mentitor tu sei.
Si disarmi.
IARBA: Nessuno avvicinarsi ardisca, o ch'io lo sveno.
OSMIDA: Cedi per poco almeno,
fin ch'io genti raccolga: a me ti fida.
IARBA: E così vil sarò?
ENEA: Fermate, amici;
a me tocca il punirlo.
DIDONE: Il tuo valore
serba ad uopo miglior. Che più s'aspetta?
O si renda, o svenato al piè mi cada.
OSMIDA: Serbati alla vendetta.
IARBA: Ecco la spada.
DIDONE: Frenar l'alma orgogliosa
tua cura sia.
OSMIDA: Su la mia fé riposa.

SCENA XVII

DIDONE: Enea, salvo già sei
dalla crudel ferita.
Per me serban gli dei sì bella vita.
ENEA: Oh Dio, regina!
DIDONE: Ancora
forse della mia fede incerto stai?
ENEA: No: più funeste assai
son le sventure mie. Vuole il destino...
DIDONE: Chiari i tuoi sensi esponi.
ENEA: Vuol... (mi sento morir) ch'io t'abbandoni.
DIDONE: M'abbandoni! Perché?
ENEA: Di Giove il cenno,
l'ombra del genitor, la patria, il Cielo,
la promessa, il dover, l'onor, la fama
alle sponde d'Italia oggi mi chiama.
La mia lunga dimora
pur troppo degli dei mosse lo sdegno.
DIDONE: E così fin ad ora,
perfido, mi celasti il tuo disegno?

ENEA: Fu pietà.
DIDONE: Che pietà? Mendace il labbro
fedeltà mi giurava,
e intanto il cor pensava
come lunge da me volgere il piede!
A chi, misera me! darò più fede?
Vil rifiuto dell'onde,
io l'accolgo dal lido; io lo ristoro
dalle ingiurie del mar: le navi e l'armi
già disperse io gli rendo; e gli do loco
nel mio cor, nel mio regno; e questo è poco.
Di cento re per lui,
ricusando l'amor, gli sdegni irrìto:
ecco poi la mercede.
A chi, misera me! darò più fede?
ENEA: Fin ch'io viva, o Didone,
dolce memoria al mio pensier sarai:
né partirei giammai,
se per voler de' numi io non dovessi
consacrare il mio affanno
all'impero latino.
DIDONE: Veramente non hanno
altra cura gli dei che il tuo destino.
ENEA: Io resterò, se vuoi
che si renda spergiuro un infelice.
DIDONE: No: sarei debitrice
dell'impero del mondo a' figli tuoi.
Va pur: siegui il tuo fato:
cerca d'Italia il regno: all'onde, ai venti
confida pur la speme tua; ma senti.
Farà quell'onde istesse
delle vendette mie ministre il Cielo:
e tardi allor pentito
d'aver creduto all'elemento insano,
richiamerai la tua Didone in vano.
ENEA: Se mi vedessi il core...
DIDONE: Lasciami, traditore!
ENEA: Almen dal labbro mio
con volto meno irato
prendi l'ultimo addio.
DIDONE: Lasciami, ingrato.
ENEA: E pur con tanto sdegno
non hai ragion di condannarmi.
DIDONE: Indegno!
Non ha ragione, ingrato,
un core abbandonato
da chi giurogli fé?
Anime innamorate,
se la provaste mai,
ditelo voi per me!
Perfido! tu lo sai
se in premio un tradimento

io meritai da te.
E qual sarà tormento,
anime innamorate,
se questo mio non è?

SCENA XVIII

ENEA: E soffrirò che sia
sì barbara mercede
premio della tua fede, anima mia!
Tanto amor, tanti doni...
Ah! pria ch'io t'abbandoni,
pèra l'Italia, il mondo;
resti in obblio profondo
la mia fama sepolta;
vada in cenere Troia un'altra volta.
Ah che dissi! Alle mie
amorose follie,
gran genitor, perdona: io n'ho rossore.
Non fu Enea che parlò, lo disse Amore.
Si parta... E l'empio moro
stringerà il mio tesoro?
No... Ma sarà frattanto
al proprio genitor spergiuro il figlio?
Padre, Amor, Gelosia, numi, consiglio!
Se resto sul lido,
se sciolgo le vele,
infido, crudele
mi sento chiamar.
E intanto, confuso
nel dubbio funesto,
non parto, non resto,
ma provo il martìre,
che avrei nel partire,
che avrei nel restar.

ATTO SECONDO

SCENA PRIMA
Appartamenti reali con tavolino e sedia.

SELENE: Chi fu che all'inumano
disciolse le catene?
ARASPE: A me, bella Selene, il chiedi in vano.
Io prigioniero e reo,
libero ed innocente in un momento,
sciolto mi vedo, e sento
fra' lacci il mio signor: il passo muovo
a suo prò nella reggia, e vel ritrovo.

SELENE: Ah contro Enea v'è qualche frode ordita.
Difendi la sua vita.
ARASPE: E` mio nemico:
pur se brami che Araspe
dall'insidie il difenda,
tel prometto: sin qui
l'onor mio nol contrasta:
ma ti basti così.
SELENE: Così mi basta.
ARASPE: Ah non toglier sì tosto
il piacer di mirarti agli occhi miei.
SELENE: Perché?
ARASPE: Tacer dovrei ch'io sono amante:
ma reo del mio delitto è il tuo sembiante.
SELENE: Araspe, il tuo valore,
il volto tuo, la tua virtù mi piace;
ma già pena il mio cor per altra face.
ARASPE: Quanto son sventurato!
SELENE: E` più Selene.
Se t'accende il mio volto,
narri almen le tue pene, ed io le ascolto.
Io l'incendio nascoso
tacer non posso, e palesar non oso.
ARASPE: Soffri almen la mia fede.
SELENE: Sì, ma da me non aspettar mercede.
Se può la tua virtude
amarmi a questa legge, io tel concedo:
ma non chieder di più.
ARASPE: Di più non chiedo.
SELENE: Ardi per me fedele,
serba nel cor lo strale,
ma non mi dir crudele,
se non avrai mercé.
Hanno sventura eguale
la tua, la mia costanza:
per te non v'è speranza,
non v'è pietà per me.

SCENA II

ARASPE: Tu dici ch'io non speri,
ma nol dici abbastanza;
l'ultima, che si perde, è la speranza.

SCENA III

DIDONE: Già so che si nasconde
de' Mori il re sotto il mentito Arbace.
Ma, sia qual più gli piace, egli m'offese:
e senz'altra dimora,

o suddito o sovrano, io vuo' che mora.
OSMIDA: Sempre in me de' tuoi cenni
il più fedele esecutor vedrai.
DIDONE: Premio avrà la tua fede.
OSMIDA: E qual premio, o regina? Adopro in vano
per te fede e valore:
occupa solo Enea tutto il tuo core.
DIDONE: Taci, non rammentar quel nome odiato.
E` un perfido, è un ingrato,
è un'alma senza legge e senza fede.
Contro me stessa ho sdegno,
perché finor l'amai.
OSMIDA: Se lo torni a mirar, ti placherai.
DIDONE: Ritornarlo a mirar! Per fin ch'io viva
mai più non mi vedrà quell'alma rea.
SELENE: Teco vorrebbe Enea
parlar, se gliel concedi.
DIDONE: Enea! Dov'è?
SELENE: Qui presso
che sospira il piacer di rimirarti.
DIDONE: Temerario! Che venga. Osmida, parti.
OSMIDA: Io non tel dissi? Enea
tutta del cor la libertà t'invola.
DIDONE: Non tormentarmi più; lasciami sola.

SCENA IV

DIDONE: Come! Ancor non partisti? Adorna ancora
questi barbari lidi il grande Enea?
E pure io mi credea
che, già varcato il mar, d'Italia in seno
in trionfo traessi
popoli debellati e regi oppressi.
ENEA: Quest'amara favella
mal conviene al tuo cor, bella regina.
Del tuo, dell'onor mio
sollecito ne vengo. Io so che vuoi
del moro il fiero orgoglio
con la morte punir.
DIDONE: E questo è il foglio.
ENEA: La gloria non consente
ch'io vendichi in tal guisa i torti miei:
se per me lo condanni...
DIDONE: Condannarlo per te! Troppo t'inganni.
Passò quel tempo, Enea,
che Dido a te pensò. Spenta è la face,
è sciolta la catena,
e del tuo nome or mi rammento appena.
ENEA: Pensa che il re de' Mori
è l'orator fallace.
DIDONE: Io non so qual ei sia, lo credo Arbace.

ENEA: Oh Dio! Con la sua morte
tutta contro di te l'Africa irrìti.

DID. Consigli or non desio:
tu provvedi a' tuoi regni, io penso al mio.
Senza di te finor leggi dettai;
sorger senza di te Cartago io vidi.
Felice me, se mai
tu non giungevi, ingrato, a questi lidi!
ENEA: Se sprezzi il tuo periglio,
donalo a me: grazia per lui ti chieggio.
DIDONE: Sì, veramente io deggio
il mio regno e me stessa al tuo gran merto.
A sì fedele amante,
ad eroe sì pietoso, a' giusti prieghi
di tanto intercessor nulla si nieghi.
Inumano! tiranno! E` forse questo
l'ultimo dì che rimirar mi dèi:
vieni su gli occhi miei;
sol d'Arbace mi parli, e me non curi!
T'avessi pur veduto
d'una lagrima sola umido il ciglio!
Uno sguardo, un sospiro,
un segno di pietade in te non trovo:
e poi grazie mi chiedi?
Per tanti oltraggi ho da premiarti ancora?
Perché tu lo vuoi salvo, io vuo' che mora.
ENEA: Idol mio, che pur sei
ad onta del destin l'idolo mio,
che posso dir? Che giova
rinnovar co' sospiri il tuo dolore?
Ah! se per me nel core
qualche tenero affetto avesti mai,
placa il tuo sdegno e rasserena i rai.
Quell'Enea tel domanda,
che tuo cor, che tuo bene un dì chiamasti;
quel che sinora amasti
più della vita tua, più del tuo soglio;
quello...
DIDONE: Basta; vincesti: eccoti il foglio.
Vedi quanto t'adoro ancora, ingrato!
Con un tuo sguardo solo
mi togli ogni difesa e mi disarmi.
Ed hai cor di tradirmi? E puoi lasciarmi?
Ah! non lasciarmi, no,
bell'idol mio:
di chi mi fiderò,
se tu m'inganni?
Di vita mancherei
nel dirti addio;
che viver non potrei
fra tanti affanni.

SCENA V

ENEA: Io sento vacillar la mia costanza
a tanto amore appresso;
e mentre salvo altrui, perdo me stesso.
IARBA: Che fa l'invitto Enea? Gli veggo ancora
del passato timore i segni in volto.
ENEA: Iarba da' lacci è sciolto!
Chi ti diè libertà?
IARBA: Permette Osmida
che per entro la reggia io mi raggiri:
ma vuol ch'io vada errando
per sicurezza tua senza il mio brando.
ENEA: Così tradisce Osmida
il comando real?
IARBA: Dimmi, che temi?
Ch'io fuggendo m'involi a queste mura?
Troppo vi resterò per tua sventura.
ENEA: La tua sorte presente
fa pietà, non timore.
IARBA: Risparmia al tuo gran core
questa pietà. D'una regina amante
tenta pure a mio danno,
cerca pur d'irritar gli sdegni insani.
Con altr'armi non sanno
le offese vendicar gli eroi troiani.
ENEA: Leggi. La regal donna in questo foglio
la tua morte segnò di propria mano.
Se Enea fosse africano,
Iarba estinto saria. Prendi ed impara,
barbaro, discortese,
come vendica Enea le proprie offese.

SCENA VI

IARBA: Così strane venture io non intendo.
Pietà nel mio nemico,
infedeltà nel mio seguace io trovo.
Ah forse a danno mio
l'uno e l'altro congiura.
Ma di lor non ho cura.
Pietà finga il rivale,
sia l'amico fallace,
non sarà di timor Iarba capace.
Fosca nube il sol ricopra,
o si scopra il ciel sereno,
non si cangia il cor nel seno,
non si turba il mio pensier.
Le vicende della sorte
imparai con alma forte
dalle fasce a non temer.

SCENA VII

ENEA: Fra il dovere e l'affetto
ancor dubbioso in petto ondeggia il core.
Pur troppo il mio valore
all'impero servì d'un bel sembiante.
Ah una volta l'eroe vinca l'amante.
ARASPE: Di te finora in traccia
scorsi la reggia.
ENEA: Amico,
vieni fra queste braccia.
ARASPE: Allontanati, Enea; son tuo nemico.
Snuda, snuda quel ferro:
guerra con te, non amicizia io voglio.
ENEA: Tu di Iarba all'orgoglio
prima m'involi, e poi
guerra mi chiedi, ed amistà non vuoi?
ARASPE: T'inganni. Allor difesi
la gloria del mio re, non la tua vita.
Con più nobil ferita
rendergli a me s'aspetta
quella, che tolsi a lui, giusta vendetta.
ENEA: Enea stringer l'acciaro
contro il suo difensore!
ARASPE: Olà! che tardi?
ENEA: La mia vita è tuo dono,
prendila pur se vuoi; contento io sono.
Ma ch'io debba a tuo danno armar la mano,
generoso guerrier, lo speri in vano.
ARASPE: Se non impugni il brando
a ragion ti dirò codardo e vile.
ENEA: Questa ad un cor virile
vergognosa minaccia Enea non soffre.
Ecco per soddisfarti io snudo il ferro.
Ma prima i sensi miei
odan gli uomini tutti, odan gli dei.
Io son d'Araspe amico:
io debbo la mia vita al suo valore.
Ad onta del mio core
discendo al gran cimento,
di codardia tacciato;
e per non esser vil, mi rendo ingrato.

SCENA VIII

SELENE: Tanto ardir nella reggia? Olà, fermate.
Così mi serbi fé? Così difendi,
Araspe traditor, d'Enea la vita?
ENEA: No, principessa, Araspe
non ha di tradimenti il cor capace.
SELENE: Chi di Iarba è seguace,

esser fido non può.
ARASPE: Bella Selene,
puoi tu sola avanzarti
a tacciarmi così.
SELENE: T'accheta, e parti.
ARASPE: Tacerò, se tu lo brami;
ma fai torto alla mia fede,
se mi chiami traditor.
Porterò lontano il piede;
ma di questi sdegni tuoi
so che poi tu avrai rossor.

SCENA IX

ENEA: Allorché Araspe a provocar mi venne,
del suo signor sostenne
le ragioni con me. La sua virtude
se condannar pretendi,
troppo quel core ingiustamente offendi.
SELENE: Sia qual ei vuole Araspe, or non è tempo
di favellar di lui. Brama Didone
teco parlar.
ENEA: Poc'anzi
dal suo real soggiorno io trassi il piede.
Se di nuovo mi chiede
ch'io resti in questa arena,
in van s'accrescerà la nostra pena.
SELENE: Come fra tanti affanni,
cor mio, chi t'ama abbandonar potrai?
ENEA: Selene, a me «cor mio»?
SELENE: E` Didone che parla, e non son io.
ENEA: Se per la tua germana
così pietosa sei,
non curar più di me, ritorna a lei.
Dille che si consoli,
che ceda al fato e rassereni il ciglio.
SELENE: Ah no! Cangia, mio ben, cangia consiglio.
ENEA: Tu mi chiami tuo bene?
SELENE: E` Didone che parla, e non Selene.
Vieni e l'ascolta. E` l'unico conforto,
ch'ella implora da te.
ENEA: D'un core amante
quest'è il solito inganno:
va cercando conforto, e trova affanno.
Tormento il più crudele
d'ogni crudel tormento
è il barbaro momento,
che in due divide un cor.
E` affanno sì tiranno,
che un'alma nol sostiene.
Ah! nol provar, Selene,

se nol provasti ancor.

SCENA X

SELENE: Stolta! per chi sospiro? Io senza speme
perdo la pace mia. Ma chi mi sforza
in vano a sospirar? Scelgasi un core
più grato a' voti miei. Scelgasi un volto
degno d'amor. Scelgasi... Oh Dio! la scelta
nostro arbitrio non è. Non è bellezza,
non è senno o valore,
che in noi risvegli amore: anzi talora
il men vago, il più stolto è che s'adora.
Bella ciascuna poi finge al pensiero
la fiamma sua, ma poche volte è vero.
Ogni amator suppone
che della sua ferita
sia la beltà cagione,
ma la beltà non è.
E` un bel desio, che nasce
allor che men s'aspetta;
si sente che diletta,
ma non si sa perché.

SCENA XI

DIDONE: Incerta del mio fato
io più viver non voglio. E` tempo ormai
che per l'ultima volta Enea si tenti.
Se dirgli i miei tormenti,
se la pietà non giova,
faccia la gelosia l'ultima prova.
ENEA: Ad ascoltar di nuovo
i rimproveri tuoi vengo, o regina.
So che vuoi dirmi ingrato,
perfido, mancator, spergiuro, indegno:
chiamami come vuoi: sfoga il tuo sdegno.
DIDONE: No, sdegnata io non sono. Infido, ingrato,
perfido, mancator più non ti chiamo;
rammentarti non bramo i nostri ardori:
da te chiedo consigli, e non amori.
Siedi.
ENEA: (Che mai dirà?)
DIDONE: Già vedi, Enea,
che fra nemici è il mio nascente impero.
Sprezzai fin ora, è vero,
le minacce e 'l furor; ma Iarba offeso,
quando priva sarò del tuo sostegno,
mi torrà per vendetta e vita e regno.
In così dubbia sorte

ogni rimedio è vano:
deggio incontrar la morte,
o al superbo african porger la mano.
L'uno e l'altro mi spiace, e son confusa.
Al fin femmina, e sola,
lungi dal patrio ciel, perdo il coraggio:
e non è meraviglia
s'io risolver non so: tu mi consiglia.
ENEA: Dunque fuor che la morte,
o il funesto imeneo,
trovar non si potria scampo migliore?
DIDONE: V'era pur troppo.
ENEA: E quale?
DIDONE: Se non sdegnava Enea d'esser mio sposo,
l'Africa avrei veduta
dall'Arabico seno al mar d'Atlante
in Cartago adorar la sua regnante:
e di Troia e di Tiro
rinnovar si potea... Ma che ragiono?
L'impossibil mi fingo, e folle io sono.
Dimmi, che far degg'io? Con alma forte
come vuoi, sceglierò Iarba, o la morte.
ENEA: Iarba, o la morte! E consigliarti io deggio?
Colei, che tanto adoro,
all'odiato rival vedere in braccio!
Colei...
DIDONE: Se tanta pena
trovi nelle mie nozze, io le ricuso:
ma, per tormi agl'insulti,
necessario è il morir. Stringi quel brando;
svena la tua fedele:
è pietà con Didone esser crudele.
ENEA: Ch'io ti sveni? Ah! più tosto
cada sopra di me del Ciel lo sdegno:
prima scemin gli dei,
per accrescer tuoi giorni, i giorni miei.
DIDONE: Dunque a Iarba mi dona. Olà.
ENEA: Deh ferma.
Troppo, oh Dio! per mia pena
sollecita tu sei.
DIDONE: Dunque mi svena.
ENEA: No, si ceda al destino: a Iarba stendi
la tua destra real. Di pace priva
resti l'alma d'Enea, purché tu viva.
DIDONE: Giacché d'altri mi brami,
appagarti saprò. Iarba si chiami.
Vedi quanto son io
ubbidiente a te.
ENEA: Regina, addio.
DIDONE: Dove, dove? T'arresta.
Del felice imeneo
ti voglio spettatore.

(Resister non potrà).
ENEA: (Costanza, o core).

SCENA XII

IARBA: Didone, a che mi chiedi?
Sei folle, se mi credi
dall'ira tua, da tue minacce oppresso.
Non si cangia il mio cor; sempre è l'istesso.
ENEA: (Che arroganza!)
DIDONE: Deh placa
il tuo sdegno, o signor. Tu, col tacermi
il tuo grado e il tuo nome,
a gran rischio esponesti il tuo decoro.
Ed io... Ma qui t'assidi,
e con placido volto
ascolta i sensi miei.
IARBA: Parla, t'ascolto.
ENEA: Permettimi che ormai...
DIDONE: Fermati e siedi.
Troppo lunghe non fian le tue dimore.
(Resister non potrà).
ENEA: (Costanza, o core).
IARBA: Eh vada. Allor che teco
Iarba soggiorna, ha da partir costui.
ENEA: (Ed io lo soffro?)
DIDONE: In lui
in vece d'un rival trovi un amico.
Ei sempre a tuo favore
meco parlò: per suo consiglio io t'amo.
Se credi menzognero
il labbro mio, dillo tu stesso.
ENEA: E` vero.
IARBA: Dunque nel re de' Mori
altro merto non v'è che un suo consiglio?
DIDONE: No, Iarba; in te mi piace
quel regio ardir, che ti conosco in volto:
amo quel cor sì forte,
sprezzator de' perigli e della morte.
E se il Ciel mi destina
tua compagna e tua sposa...
ENEA: Addio, regina.
Basta che fin ad ora
t'abbia ubbidito Enea.
DIDONE: Non basta ancora.
Siedi per un momento.
(Comincia a vacillar).
ENEA: (Questo è tormento!)
IARBA: Troppo tardi, o Didone,
conosci il tuo dover. Ma pure io voglio

donar gli oltraggi miei
tutti alla tua beltà.
ENEA: (Che pena, o dei!)
IARBA: In pegno di tua fede
dammi dunque la destra.
DIDONE: Io son contenta.
A più gradito laccio Amor pietoso
stringer non mi potea.
ENEA: Più soffrir non si può.
DIDONE: Qual ira, Enea?
ENEA: E che vuoi? Non ti basta
quanto fin or soffrì la mia costanza?
DIDONE: Eh taci.
ENEA: Che tacer? Tacqui abbastanza.
Vuoi darti al mio rivale,
brami ch'io tel consigli;
tutto faccio per te; che più vorresti?
Ch'io ti vedessi ancor fra le sue braccia?
Dimmi che mi vuoi morto, e non ch'io taccia.
DIDONE: Odi. A torto ti sdegni.
Sai che per ubbidirti...
ENEA: Intendo, intendo;
io sono il traditor, son io l'ingrato;
tu sei quella fedele,
che per me perderebbe e vita e soglio:
ma tanta fedeltà veder non voglio.

SCENA XIII

DIDONE: Senti.
IARBA: Lascia che parta.
DIDONE: I suoi trasporti
a me giova calmar.
IARBA: Di che paventi?
Dammi la destra, e mia
di vendicarti poi la cura sia.
DIDONE: D'imenei non è tempo.
IARBA: Perché?
DIDONE: Più non cercar.
IARBA: Saperlo io bramo.
DIDONE: Giacché vuoi, tel dirò: perché non t'amo:
perché mai non piacesti agli occhi miei;
perché odioso mi sei; perché mi piace,
più che Iarba fedele, Enea fallace.
IARBA: Dunque, perfida, io sono
un oggetto di riso agli occhi tuoi!
Ma sai chi Iarba sia?
Sai con chi ti cimenti?
DIDONE: So che un barbaro sei, né mi spaventi.
IARBA:Chiamami pur così.
Forse pentita un dì

pietà mi chiederai,
ma non l'avrai da me.
Quel barbaro, che sprezzi,
non placheranno i vezzi:
né soffrirà l'inganno
quel barbaro da te.

SCENA XIV

DIDONE: E pure in mezzo all'ire
trova pace il mio cor. Iarba non temo;
mi piace Enea sdegnato, ed amo in lui,
come effetti d'amor, gli sdegni sui.
Chi sa. Pietosi numi,
rammentatevi almeno
che foste amanti un dì, come son io;
ed abbia il vostro cor pietà del mio.
Va lusingando Amore
il credulo mio core:
gli dice, «sei felice»;
ma non sarà così.
Per poco mi consolo;
ma più crudele io sento
poi ritornar quel duolo,
che sol per un momento
dall'alma si partì.

ATTO TERZO

SCENA PRIMA

ENEA: Compagni invitti, a tollerare avvezzi
e del cielo e del mar gl'insulti e l'ire,
destate il vostro ardire,
che per l'onda infedele
è tempo già di rispiegar le vele.
Andiamo, amici, andiamo.
Ai troiani navigli
fremano pur venti e procelle intorno;
saran glorie i perigli;
e dolce fia di rammentarli un giorno.

SCENA II

IARBA: Dove rivolge, dove
quest'eroe fuggitivo i legni e l'armi?
Vuol portar guerra altrove?
O da me col fuggir cerca lo scampo?

ENEA: Ecco un novello inciampo.
IARBA: Per un momento il legno
può rimaner sul lido.
Vieni, se hai cor; meco a pugnar ti sfido.
ENEA: Vengo. Restate, amici,
che ad abbassar quel temerario orgoglio
altri che il mio valor meco non voglio.
Eccomi a te. Che pensi?
IARBA: Penso che all'ira mia
la tua morte sarà poca vendetta.
ENEA: Per ora a contrastarmi
non fai poco se pensi. All'armi.
IARBA: All'armi.
ENEA: Venga tutto il tuo regno.
IARBA: Difenditi, se puoi.
ENEA: Non temo, indegno.
Già cadesti e sei vinto. O tu mi cedi,
o trafiggo quel core.
IARBA: In van lo chiedi.
ENEA: Se al vincitor sdegnato
non domandi pietà...
IARBA: Siegui il tuo fato.
ENEA: Sì, mori... Ma che fo? No, vivi. In vano
tenti il mio cor con quell'insano orgoglio.
No; la vittoria mia macchiar non voglio.
IARBA: Son vinto sì, ma non oppresso. Almeno
oggetto all'ire tue, sorte incostante,
Iarba sol non sarà.
La caduta d'un regnante
tutto un regno opprimerà.

SCENA III

OSMIDA: Già di Iarba in difesa
lo stuol de' Mori a queste mura è giunto.
Ecco vicino il punto
della grandezza mia. D'essere infido
ad una donna ingrata
no, non sento rossor. Così punisco
l'ingiustizia di lei, che mai non diede
un premio alla mia fede.

SCENA IV

IARBA: Seguitemi, o compagni:
alla reggia, alla reggia.
OSMIDA: Odi, signore:
le tue schiere son pronte: è tempo al fine
che vendichi i tuoi torti.
IARBA: Amici, andiamo;

non soffre indugi il mio furor.
OSMIDA: T'arresta.
IARBA: Che vuoi?
OSMIDA: Deh non scordarti
che deve alla mia fede
l'amor tuo vendicato una mercede.
IARBA: E` giusto: anzi preceda
la tua mercede alla vendetta mia.
OSMIDA: Generoso monarca...
IARBA: Olà, costui
si disarmi, s'annodi, e poi s'uccida.
OSMIDA: Come! Questo ad Osmida?
Qual ingiusto furore...
IARBA: Quest'è il premio dovuto a un traditore.

SCENA V

ENEA: Siam tutti al fin raccolti. Alcun non manca
de' dispersi compagni. E ben si tronchi
ogni dimora al fin. Sereno è il cielo;
l'aure e l'onde son chiare:
alle navi, alle navi: al mare, al mare.
OSMIDA: Invitto eroe.
ENEA: Che avvenne?
OSMIDA: In questo stato
Iarba, il barbaro re...
ENEA: Comprendo. Amici,
si ponga Osmida in libertà. (L'indegno
da chi men può sperarlo abbia soccorso,
ed apprenda virtù dal suo rimorso).
OSMIDA: Ah lascia, eroe pietoso,
che grato a sì gran don...
ENEA: Sorgi, ed altrove
rivolgi i passi tuoi.
OSMIDA: Grato a virtù sì rara...
ENEA: Se grato esser mi vuoi,
ad esser fido un'altra volta impara.
OSMIDA:Quando l'onda, che nasce dal monte,
al suo fonte ritorni dal prato,
sarò ingrato a sì bella pietà.
Fia del giorno la notte più chiara,
se a scordarsi quest'anima impara
di quel braccio, che vita mi dà.

SCENA VI

ENEA: Principessa, ove corri?
SELENE: A te. M'ascolta.
ENEA: Se brami un'altra volta
rammentarmi l'amor, t'adopri in vano.

SELENE: Ma che farà Didone?
ENEA: Al partir mio
manca ogni suo periglio.
La mia presenza i suoi nemici irrìta.
Iarba al trono l'invita;
stenda a Iarba la destra, e si consoli.
SELENE: Senti: se a noi t'involi,
non sol Didone, ancor Selene uccidi.
ENEA: Come?
SELENE: Dal dì ch'io vidi il tuo sembiante,
celai timida amante
l'amor mio, la mia fede;
ma vicina a morir chiedo mercede;
mercé, se non d'amore,
almeno di pietà; mercé...
ENEA: Selene,
ormai più del tuo foco
non mi parlar, né degli affetti altrui.
Non più amante, qual fui, guerriero or sono.
Torno al costume antico.
Chi trattien le mie glorie è mio nemico.
A trionfar mi chiama
un bel desio d'onore;
e già sopra il mio core
comincio a trionfar.
Con generosa brama,
fra i rischi e le ruine,
di nuovi allori il crine
io volo a circondar.

SCENA VII

SELENE: Sprezzar la fiamma mia,
togliere alla mia fede ogni speranza,
esser vanto potria di tua costanza:
ma se né pur consenti
che sfoghi i suoi tormenti un core amante,
ah! sei barbaro, Enea, non sei costante.
Io d'amore, oh Dio! mi moro,
e mi niega il mio tiranno
anche il misero ristoro
di lagnarmi e poi morir.
Che costava a quel crudele
l'ascoltar le mie querele,
e donare a tanto affanno
qualche tenero sospir!

SCENA VIII

DIDONE: Va crescendo

il mio tormento;
io lo sento
e non l'intendo:
giusti dei, che mai sarà!
OSMIDA: Deh regina, pietà!
DIDONE: Che rechi, amico?
OSMIDA: Ah no, così bel nome
non merta un traditore,
d'Enea, di te nemico e del tuo amore.
DIDONE: Come!
OSMIDA: Con la speranza
di posseder Cartago,
m'offersi a Iarba: ei m'accettò: si valse
fin or di me: poi per mercé volea
l'empio svenarmi; e mi difese Enea.
DIDONE: Reo di tanto delitto hai fronte ancora
di presentarti a me?
OSMIDA: Sì, mia regina.
Tu vedi un infelice,
che non spera il perdono e nol desia:
chiedo a te per pietà la pena mia.
DIDONE: Sorgi. Quante sventure!
Misera me, sotto qual astro io nacqui!
Manca ne' miei più fidi...

SCENA IX

SELENE: Oh Dio, germana!
Al fine Enea...
DIDONE: Partì?
SELENE: No, ma fra poco
le vele scioglierà da' nostri lidi.
Or ora io stessa il vidi
verso i legni fugaci
sollecito condurre i suoi seguaci.
DIDONE: Che infedeltà! Che sconoscenza! Oh dei!
Un esule infelice
Un mendìco stranier... Ditemi voi
se più barbaro cor vedeste mai?
E tu, cruda Selene,
partir lo vedi, ed arrestar nol sai?
SELENE: Fu vana ogni mia cura.
DIDONE: Vanne, Osmida; e procura
che resti Enea per un momento solo.
M'ascolti; e parta.
OSMIDA: Ad ubbidirti io volo.

SCENA X

SELENE: Ah non fidarti: Osmida

tu non conosci ancor.
DIDONE: Lo so pur troppo.
A questo eccesso è giunta
la mia sorte tiranna:
deggio chiedere aita a chi m'inganna.
SELENE: Non hai, fuor che in te stessa, altra speranza.
Vanne a lui, prega e piangi;
chi sa, forse potrai vincer quel core.
DIDONE: Alle preghiere, ai pianti
Dido scender dovrà! Dido, che seppe
dalle sidonie rive
correr dell'onde a cimentar lo sdegno,
altro clima cercando ed altro regno!
Son io, son quella ancora,
che di nuove cittadi Africa ornai,
che il mio fasto serbai
fra le insidie, fra l'armi e fra i perigli;
ed a tanta viltà tu mi consigli?
SELENE: O scordati il tuo grado,
o abbandona ogni speme.
Amore e maestà non vanno insieme.

SCENA XI

DIDONE: Araspe in queste soglie!
ARASPE: A te ne vengo
pietoso del tuo rischio. Il re sdegnato
di Cartagine i tetti arde e ruina.
Vedi, vedi, o regina,
le fiamme, che lontane agita il vento.
Se tardi un sol momento
a placare il suo sdegno,
un sol giorno ti toglie e vita e regno.
DIDONE: Restano più disastri
per rendermi infelice?
SELENE: Infausto giorno!

SCENA XII

DIDONE: Osmida.
OSMIDA: Arde d'intorno...
DIDONE: Lo so: d'Enea ti chiedo.
Che ottenesti da Enea?
OSMIDA: Partì. Lontano
è già da queste sponde. Io giunsi appena
a ravvisar le fuggitive antenne.
DIDONE: Ah stolta! io stessa, io sono
complice di sua fuga. Al primo istante
arrestar lo dovea. Ritorna, Osmida;
corri, vola sul lido; aduna insieme

armi, navi, guerrieri:
raggiungi l'infedele,
lacera i lini suoi, sommergi i legni:
portami fra catene
quel traditore avvinto;
e, se vivo non puoi, portalo estinto.
OSMIDA: Tu pensi a vendicarti, e cresce intanto
la sollecita fiamma.
DIDONE: E` ver, corriamo.
Io voglio... Ah no... Restate...
Ma la vostra dimora...
Io mi confondo... E non partisti ancora?
OSMIDA: Eseguisco i tuoi cenni.

SCENA XIII

ARASPE: Al tuo periglio
pensa, o Didone.
SELENE: E pensa
a ripararne il danno.
DIDONE: Non fo poco s'io vivo in tanto affanno.
Va tu, cara Selene;
provvedi, ordina, assisti in vece mia.
Non lasciarmi, se m'ami, in abbandono.
SELENE: Ah che di te più sconsolata io sono!

SCENA XIV

ARASPE: E tu qui resti ancor? Né ti spaventa
l'incendio, che s'avanza?
DIDONE: Perduta ogni speranza,
non conosco timor. Ne' petti umani
il timore e la speme
nascono in compagnia, muoiono insieme.
ARASPE: Il tuo scampo desio. Vederti esposta
a tal rischio mi spiace.
DIDONE: Araspe, per pietà lasciami in pace.

SCENA XV

DIDONE: I miei casi infelici
favolose memorie un dì saranno:
e forse diverranno
soggetti miserabili e dolenti
alle tragiche scene i miei tormenti.
OSMIDA: E` perduta ogni speme.
DIDONE: Così presto ritorni?
OSMIDA: In vano, oh Dio!
tentai passar dal tuo soggiorno al lido:

tutta del Moro infido
il minaccioso stuol Cartago inonda.
Fra le strida e i tumulti
agl'insulti degli empi
son le vergini esposte, aperti i tempii:
né più desta pietade
o l'immatura o la cadente etade.
DIDONE: Dunque alla mia ruina
più riparo non v'è?

SCENA XVI

SELENE: Fuggi, o regina.
Son vinti i tuoi custodi;
non ci resta difesa.
Dalla cittade accesa
passan le fiamme alla tua reggia in seno,
e di fumo e faville è il ciel ripieno.
DIDONE: Andiam. Si cerchi altrove
per noi qualche soccorso.
OSMIDA: E come?
SELENE: E dove?
DIDONE: Venite, anime imbelli;
se vi manca valore,
imparate da me come si muore.

SCENA XVII

IARBA: Fermati.
DIDONE: Oh dei!
IARBA: Dove così smarrita?
Forse al fedel troiano
corri a stringer la mano?
Va pure, affretta il piede,
che al talamo reale ardon le tede.
DIDONE: Lo so, questo è il momento
delle vendette tue; sfoga il tuo sdegno
or che ogni altro sostegno il Ciel mi fura.
IARBA: Già ti difende Enea; tu sei sicura.
DIDONE: E ben sarai contento.
Mi volesti infelice? Eccomi sola,
tradita, abbandonata,
senza Enea, senza amici, e senza regno.
Debole mi volesti? Ecco Didone
ridotta al fine a lagrimar. Non basta?
Mi vuoi supplice ancor? Sì, de' miei mali
chiedo a Iarba ristoro:
da Iarba per pietà la morte imploro.
IARBA: (Cedon gli sdegni miei).
SELENE: (Giusti numi, pietà!)

OSMIDA: (Soccorso, o dei!)
IARBA: E pur, Didone, e pure
sì barbaro non son, qual tu mi credi.
Del tuo pianto ho pietà; meco ne vieni.
L'offese io ti perdono,
e mia sposa ti guido al letto e al trono.
DIDONE: Io sposa d'un tiranno,
d'un empio, d'un crudel, d'un traditore,
che non sa che sia fede,
non conosce dover, non cura onore?
S'io fossi così vile,
saria giusto il mio pianto.
No, la disgrazia mia non giunse a tanto.
IARBA: In sì misero stato insulti ancora!
Olà, miei fidi, andate:
s'accrescano le fiamme. In un momento
si distrugga Cartago; e non vi resti
orma d'abitator che la calpesti.
SELENE: Pietà del nostro affanno!
IARBA: Or potrai con ragion dirmi tiranno.
Cadrà fra poco in cenere
il tuo nascente impero,
e ignota al passeggiero
Cartagine sarà.
Se a te del mio perdono
meno è la morte acerba,
non meriti, superba,
soccorso né pietà.

SCENA XVIII

OSMIDA: Cedi a Iarba, o Didone.
SELENE: Conserva con la tua la nostra vita.
DIDONE: Solo per vendicarmi
del traditore Enea,
che è la prima cagion de' mali miei,
l'aure vitali io respirar vorrei.
Ah! faccia il vento almeno,
facciano almen gli dei le mie vendette.
E folgori e saette,
e turbini e tempeste
rendano l'aure e l'onde a lui funeste.
Vada ramingo e solo; e la sua sorte
così barbara sia,
che si riduca ad invidiar la mia.
SELENE: Deh modera il tuo sdegno. Anch'io l'adoro,
e soffro il mio tormento.
DIDONE: Adori Enea!
SELENE: Sì, ma per tua cagione...
DIDONE: Ah disleale!
Tu rivale al mio amor?

SELENE: Se fui rivale,
ragion non hai...
DIDONE: Dagli occhi miei t'invola;
non accrescer più pene
ad un cor disperato.
SELENE: (Misera donna, ove la guida il fato!)

SCENA XIX

OSMIDA: Crescon le fiamme, e tu fuggir non curi?
DIDONE: Mancano più nemici? Enea mi lascia,
trovo Selene infida,
Iarba m'insulta, e mi tradisce Osmida.
Ma che feci, empi numi? Io non macchiai
di vittime profane i vostri altari:
né mai di fiamma impura
feci l'are fumar per vostro scherno.
Dunque perché congiura
tutto il Ciel contro me, tutto l'inferno?
OSMIDA: Ah pensa a te; non irritar gli dei.
DIDONE: Che dei? Son nomi vani,
son chimere sognate, o ingiusti sono.
OSMIDA: (Gelo a tanta empietade, e l'abbandono).

SCENA ULTIMA

DIDONE: Ah che dissi, infelice! A qual eccesso
mi trasse il mio furore?
Oh Dio, cresce l'orrore! Ovunque io miro,
mi vien la morte e lo spavento in faccia:
trema la reggia e di cader minaccia.
Selene, Osmida! Ah! tutti,
tutti cedeste alla mia sorte infida:
non v'è chi mi soccorra, o chi m'uccida.
Vado... Ma dove? Oh Dio!
Resto... Ma poi... Che fo?
Dunque morir dovrò
senza trovar pietà?
E v'è tanta viltà nel petto mio?
No no, si mora; e l'infedele Enea
abbia nel mio destino
un augurio funesto al suo cammino.
Precipiti Cartago,
arda la reggia; e sia
il cenere di lei la tomba mia.

Dicendo l'ultime parole corre Didone a precipitarsi disperata e furiosa nelle ardenti ruine della reggia: e si perde fra i globi di fiamme, di faville e di fumo, che si sollevano alla sua caduta. Nel tempo medesimo su l'ultimo orizzonte comincia a gonfiarsi il mare e ad avanzarsi lentamente verso la reggia, tutto adombrato al di sopra da dense nuvole e secondato dal tumulto di strepitosa sinfonia. Nell'avvicinarsi all'incendio, a proporzione della maggior resistenza del fuoco, va crescendo la violenza delle acque. Il furioso alternar dell'onde, il frangersi ed il biancheggiar di quelle nell'incontro delle opposte ruine, lo spesso fragor de' tuoni, l'interrotto lume de' lampi, e quel continuo muggito marino, che suole accompagnar le tempeste, rappresentano l'ostinato contrasto dei due nemici elementi.

Trionfando finalmente per tutto sul fuoco estinto le acque vincitrici, si rasserena improvvisamente il cielo, si dileguano le nubi, si cangia l'orrida in lieta sinfonia; e dal seno dell'onde già placate e tranquille sorge la ricca e luminosa reggia di Nettuno. Nel mezzo di quella assiso nella sua lucida conca, tirata da mostri marini e circondata da festive schiere di nereidi, di sirene e di tritoni, comparisce il nume, che appoggiato al gran tridente parla nel seguente tenore.

LICENZA

 NETTUNO Se alla discordia antica
ritornar gli elementi, astri benigni
del ciel d'Iberia, in questo dì vedete,
non vi rechi stupor. Di merto eguali,
bella gara d'onor ci fa rivali.
Se l'emulo Vulcano
qui degl'incendi suoi
fa spettacolo a voi, per qual cagione
dovrà sì nobil peso
a me nume dell'acque esser conteso?
Perché ceder dovrei? S'ei tuona in campo
talor da' cavi bronzi,
dell'ira vostra esecutor fedele;
della vostra giustizia
fedele ognora esecutore anch'io
porto a' mondi remoti
le vostre leggi; e ne riporto i voti.
Onde a ragion pretesi
parte alla gloria; onde a ragion costrinsi
nell'illustre contesa
a fremer le procelle in mia difesa.
 Tacete, o mie procelle,
di questo soglio al piè,
or che il rivale a me
cedé la palma.
 E dell'ibere stelle
al fausto balenar
tutti i regni del mar
tornino in calma.

FINE